First Spanish language edition published in the United States and Canada in 2011 by North-South Books Inc.,
an imprint of NordSüd Verlag AG, CH-8005 Zürich, Switzerland.
Distributed in the United States by North-South Books Inc., New York 10001.
Library of Congress Cataloging-in-Publication Data is available.
ISBN: 978-0-7358-4006-5 (Spanish edition)
1 3 5 7 9 SP 10 8 6 4 2

Printed in China by Leo Paper Products Ltd., Heshan, Guangdong, November 2010.

www.northsouth.com

Nilo: Como mi papá

Marcus Pfister

Traducido por Eida de la Vega

NorteSur

New York

Nilo y su papá están desayunando.

—Tómate la leche, Nilo —le dice papá.

—Quiero café —dice Nilo—. Como tú.

—El café es para los adultos —dice papá—.

Tendrás que esperar a ser más grande.

—Ya soy grande —dice Nilo.

—¡Sí que lo eres! —ríe papá—.

Creo que ya puedes probar la espumita del café.

—Quiero leer el periódico —dice Nilo—.

Como tú.

—Aprenderás a leer cuando seas grande —dice papá—.

Ahora tienes el tamaño justo para ponerte

un sombrero de papel.

—Quiero afeitarme —dice Nilo—.

Como tú.

—¿Te conformas con un poco de crema de

afeitar? —pregunta papá.

—Hazme una barba blanca —dice Nilo.

—Vamos a la tienda en bicicleta —dice papá.

—Quiero conducir —dice Nilo—. Como tú.

—Cuando seas grande, tendrás tu propia bicicleta —dice papá—. Con un lugar para mí en la parte de atrás.

Nilo empuja el carrito de la compra.

Ayuda a papá a llenarlo de naranjas

y hojuelas de maíz y vegetales y algo dulce.

Al llegar a la caja, papá paga con su tarjeta.

—¡Yo también quiero una tarjeta! —grita Nilo—.

¡Como tú!

—Cuando crezcas, tendrás

una tarjeta de crédito —dice papá—.

Por el momento, puedes llevar el recibo.

Nilo ayuda a desempacar las bolsas.

Papá empieza a cocinar.

—Yo también quiero cocinar —dice Nilo—.

Como tú.

—Cuando seas mayor, serás un gran cocinero —dice papá—.

Ahora, eres un gran probador.

Nilo saca los cuchillos y los tenedores.

Pone la mesa.

Luego, saca el cuenco de la ensalada.

—Ese cuenco es demasiado grande para un niño —dice papá.

—¡Pero yo puedo cargarlo! —dice Nilo.

—¡Pues muy bien! —dice papá.

—Quiero jugar antes del almuerzo —dice Nilo.

—No —dice papá—. Ahora vamos a comer.

—Siempre tengo que hacer lo que *tú* dices —dice Nilo—.

Cuando sea grande, haremos lo que yo diga.

—Está bien —dice papá.

Después de almorzar, es la hora de la siesta.

—*Tú* no tienes que dormir la siesta —dice Nilo—.

Quiero quedarme despierto, como tú.

—Cuando seas mayor —dice papá—, no tendrás que

dormir la siesta.

Papá carga a Nilo a caballo hasta la cama.

—Que duermas bien —dice papá.

—No estoy dormido todavía —dice Nilo.

Cuando Nilo despierta, juega con su tren.

—¿Puedo jugar yo? —pregunta papá.

—Lo siento —dice Nilo—. Eres demasiado grande.

—Quiero ser niño —dice papá—. Como tú.

—Bueno, está bien —dice Nilo—.

Pero yo soy el maquinista.